DISNEY · PIXAR

靈魂奇遇記
SOUL

新雅文化事業有限公司
www.sunya.com.hk

在一所學校裏，音樂老師祖‧嘉拿正在指揮一隊學生管樂團進行演奏。他以手勢表示拍子，努力想要把刺耳的樂聲變成和諧的樂章。可是，學生們毫不起勁；他們顯然對於爵士樂或任何事情都不大感興趣。

阿祖叫他最優秀的學生站起來。「歌妮，由你來獨奏吧。」他說，「加油！你可以的！」

歌妮站起來，拿起她的長號，熟練地吹出一首獨奏曲。她一直投入地演奏着，過了一會兒，同學們開始咯咯地發笑起來。

「等一下！」阿祖說，「你們在笑什麼？歌妮投入演奏而忘我，那又怎樣？這是一件好事呀！」

阿祖坐在鋼琴前，手指在琴鍵上輕快地飛舞起來，他一邊彈琴，一邊跟學生分享他是怎樣愛上爵士樂的。「我爸爸帶我到一家爵士樂俱樂部，我看見有一個男人……當時他就是彈着這些和弦。」阿祖還記得那位鋼琴手忘我地沉醉在音樂中，彷彿在舞台散發着耀眼的光芒。

　　「那一刻我就知道，我生來就是為了演奏。我想歌妮應該會明白我的意思的，」阿祖說，「對吧，歌妮？」

　　「我才十二歲啊。」歌妮平淡地回答。

　　後來，阿優諾校長告訴阿祖一個好消息。「你不再是兼職老師了，」她說，「從現在開始，你就是我校管樂團的全職老師了！」

　　阿祖很感激校長，但事實上，他並不想當一名全職音樂老師。他想要成為一位職業樂手，以彈奏鋼琴為生。他的夢想是要成為一位爵士樂大師。

下課後，阿祖到母親利芭的裁縫店去，並告訴媽媽自己在學校晉升為全職老師了。這個好消息讓利芭非常高興。

「經過那麼多年，我的心願總算達成了。這是一份全職工作啊！」她說，「你肯定會答應的，對嗎？」

阿祖知道自己跟媽媽爭辯也沒用，只好回答說：「當然。」

就在這時候，阿祖接到以前的一名學生——攣毛的電話。原來，攣毛剛剛獲著名的杜拉仙·威廉絲四重奏樂隊聘任為鼓手了！他興奮地跟阿祖分享這個好消息。

「太好了，恭喜你！」阿祖說，「啊，要是能和著名的杜拉仙·威廉絲同台演出，我死而無憾！」

「那麼，你今天真幸運呢！」攣毛回答說，「這個樂隊現在正需要一名鋼琴手呢！」

　　於是，阿祖匆匆地趕到二分音符吧進行面試。杜拉仙·威廉絲，這位傳奇的爵士樂手立刻邀請他上台演奏。「祖 Sir，快上來吧！我們時間不多了。」

　　阿祖走到鋼琴前，他一坐下，樂隊隨即彈奏起來。雖然錯過了開頭的一些音節，但他很快跟上，輕鬆自如地投入旋律之中。來到阿祖獨奏的部分，他閉上了眼睛，盡情地投入演奏。音樂如

流水般從他內心湧出，完全投入了忘我的境界。

當阿祖張開眼睛時，發現所有人都在注視他。「不好意思，」
阿祖說，「剛才我太入神了。」

「祖 Sir，你需要一套正式的西裝，」杜拉仙說，「今晚你
要回來這裏，好好表現給我們看。」

阿祖的夢想快要成真了！他興奮地一邊在鎮上走着，一邊打電話給朋友分享這個好消息。

　　阿祖太高興了，完全沒有注意到一堆磚頭剛好掉落在他旁邊，也沒看到街道上滿布香蕉皮和釘子。在過路時，他甚至沒有看到一輛險些把他撞到的巴士！

———

　　然而，他倒是注意到前方有一名路人牽着一隻小狗，正兇巴巴地向他撲過來。

　　「噢，不好意思！」阿祖轉身跳開，此時，一輛電單車剛好迎面而來，差一點把他撞個正着。他加快腳步過馬路，卻沒有留意到前面有一個下水道的渠蓋打開了……他一下子掉下去了！

　　「啊——」

阿祖恢復知覺時，發現四周一片漆黑，他的身體卻是發光的。他走在一條輸送帶上，向着前方的亮光前進。阿祖轉身想往反方向走，但是輸送帶又把他帶回原處，他只好拚命奔跑起來。

不久，他看見有三個發光的形體迎面向他走過來——他們是靈魂。

「喂！哈囉！」他大聲呼喊，問他們盡頭的那道亮光是什麼。

年紀最大的鄭婆婆愉快地回答：「那是『盡頭以後』，即是死後世界呀！」

聽罷，阿祖嚇得全身發抖。「你是指生命已經結束？前面就是死亡？」

鄭婆婆點點頭，說：「很刺激吧！」

「不！」阿祖尖叫說，「聽着，我今晚還要表演，我現在不能死掉的！」

阿祖橫衝直撞地逃生，跳過很多靈魂的頭頂……

然後，扯破輸送帶旁邊
一層薄薄的屏障，從那裏向
下掉……

一直掉落了很長的時間。

最後，他降落在一個叫『起點之前』的地方。新生靈魂向他跑過去，高大的靈魂輔導員謝利出現了。

　　「你一定是迷路了。我會送你回去所屬的組別。」謝利說罷，就帶着阿祖和那些新生靈魂穿過一片原野。

　　「歡迎來到『你想預備班』！」謝利宣布。第一站是興奮大樓。只見四個靈魂走進大樓，然後興高采烈地走出來。

　　阿祖感到很驚訝，問道：「我們的性格就是這樣來的？」

　　「當然，」謝利回答，「不然你以為是與生俱來的嗎？」

這時候，在輸送帶上方的高處，有些看起來跟謝利一模一樣的輔導員正在監督着一隊靈魂。（其實在靈魂的世界裏，所有輔導員都叫謝利。）和謝利一起當值的是會計師泰利，她正在點算所有準備進入「盡頭以後」的靈魂。

但泰利突然停下來，說：「數目不對！

少了一個靈魂！」

　　另一邊，阿祖在「你想預備班」中，發現新生靈魂完成個性設定後，會穿過人間傳送洞到達地球。阿祖立即跑到傳送洞口，然後跳進去。

　　「哈──」他歡呼。可是，新生靈魂都在繼續前往地球，只有阿祖被改變路線令他折返「你想預備班」。於是，他再跳一次……一次又一次的，然而每一次都回到原點。

靈魂輔導員謝利帶阿祖去到迎新大樓。阿祖知道那不是他該去的地方，但除了「盡頭以後」以外，這是他唯一的選擇，所以他隨手取了一個名牌，便走進大樓裏。

　　與此同時，泰利告訴另一名靈魂輔導員
謝利，那些靈魂的數目不對。謝利建議泰利
自己去找出問題的原因。

　　泰利毫不遲疑，馬上去生死紀錄檔案室
——那裏儲存了每一個靈魂的出生和死亡檔
案。

　　「好，就從Ａ開始吧。」她一邊翻閱文
件，一邊自言自語。

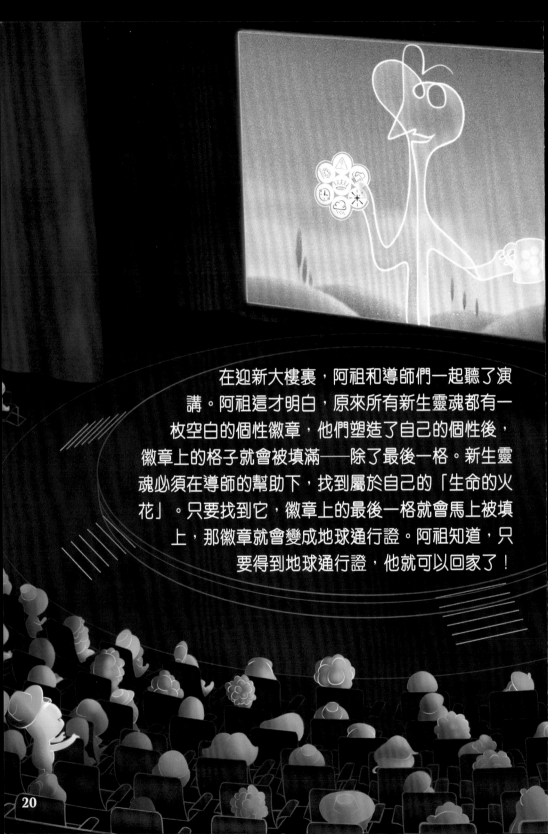

在迎新大樓裏，阿祖和導師們一起聽了演講。阿祖這才明白，原來所有新生靈魂都有一枚空白的個性徽章，他們塑造了自己的個性後，徽章上的格子就會被填滿──除了最後一格。新生靈魂必須在導師的幫助下，找到屬於自己的「生命的火花」。只要找到它，徽章上的最後一格就會馬上被填上，那徽章就會變成地球通行證。阿祖知道，只要得到地球通行證，他就可以回家了！

當靈魂輔導員謝利叫到「波金遜博士」時，阿祖發現那是他名牌上的名字！於是，他趕快跑到台上去。阿祖獲分配了一個焦慮不安的靈魂，名叫「22」。

「我不想去地球！」她大喊。

「22 待在這裏已經有很長時間了，」謝利解釋，「她曾經有過很多大名鼎鼎的導師，例如甘地、林肯和德蘭修女。」

「我把修女都氣哭了！」22 發牢騷說。

　　阿祖和 22 走入「你的殿堂」，大廳裏展示着波金遜博士各項了不起的成就。

　　「我不是博士，」阿祖向 22 坦白，「也不是靈魂導師。」

　　22 把阿祖的手放在一個掃描器上，展覽廳立刻變成展示阿祖的人生回顧展覽。「怎麼會這樣的？」

　　「這是我的人生。」阿祖說。阿祖帶她走到一個全息影像投影前，那是阿祖的父親第一次帶他到爵士樂俱樂部的情景。那是一個美好的回憶，但其餘的影像都在展示着他一生中失意的時刻。難道阿祖的一生都活得毫無意義？

「不！」阿祖說，「我不能接受這樣的人生！小傢伙，把你的徽章給我吧！」

22 把徽章交給他，但它立刻又回到 22 的手上。「除非這徽章變成了地球通行證，否則它會一直跟着我的。」她解釋說。

阿祖想到了一個好主意。他會幫 22 找到「生命的火
花」，讓她的個性徽章變成地球通行證，那麼 22 就可以把
地球通行證送給他了。

　　「我倒是沒想過，這樣我就可以不用做人了。」22 說，「好，就這樣吧！」

　　他們匆匆去到萬物博覽館。阿祖感到很震驚！這裏真是應有盡有，地球上的一切事物，例如：摩天大樓、火箭、科學實驗室、藝術工作室；還有各種物品，例如：照相機、鋼琴、象棋、籃球等等，數之不盡。這裏擠滿了來尋找「火花」的新生靈魂。

25

阿祖相信，他一定能幫助 22 找到「生命的火花」的。首先，他們來到一家法國麵包店，裏面堆滿了法國麵包，還有牛角包、蛋糕，甚至意大利薄餅。

「你的『火花』可能就是烘培，」阿祖說，「你聞聞看！」

「聞不到！」22 拿着熱騰騰的意大利薄餅說，「你也聞不到的。」因為靈魂離開了軀體，是不會有嗅覺、味覺和觸覺的。

接着，阿祖覺得 22 可能會想成為消防員，22 卻說：「火很好看！我要它燃燒開來。」

「不行！」阿祖說。

他又問 22 想不想成為一名畫家，22 馬上抱怨說：「手是很難畫的。」

然後，22 想像自己是一名科學家，「不，沒意思。」她搖搖頭說。

那麼，奧運體操選手呢？美國總統？抑或太空人？

「真沒趣，」22 說，「人間實在很無聊。」

「看來，全部都試過了。」阿祖愁眉苦臉地說。他意識到自己可能永遠回不了家。

22 決定要幫助阿祖回地球。22 把他帶到她的秘密基地。他們在那裏穿過傳送洞，進入了入神境界。當人類專注心神，就可以靈魂出竅，來到這個地方。

　　阿祖在入神境界裏，看見許許多多不同的靈魂——演員、廚師、籃球員等。然後，他看見遠處有些奇形怪狀的怪獸，其中一頭怪獸突然衝向他們。

　　正當怪獸快要撲向他們時，牠突然掉進一個陷阱裏。片刻之後，有一艘木船載着四個靈魂，朝着他們駛過來。

　　「我們是無國界修行者，」船長月風自我介紹，「專門幫助迷失的靈魂返回地球。」

　　修行者用手杖打開了一個傳送洞。原來，那頭怪獸是個迷失的靈魂，他跳進傳送洞後，很快便回到自己的身體裏。阿祖用那根手杖為自己打開一個傳送洞，但它卻是通往「死後世界」的。

　　「阿祖⋯⋯你死了嗎？」月風問。

　　「我還在昏迷中。」阿祖回答，「你可以幫助我返回身體嗎？」

　　「說不定可以，但要把船開到兩界之間的位置。」月風說，「請上船！」

他們在入神境界的沙海上航行時，阿祖問月風：「你的靈魂來到這裏，那麼你的身體呢？」

「在地球。」月風回答，「我就在紐約市第 14 街和第 7 街的轉角。」

「讓我來猜猜，」阿祖說，「你在打鼓、唸誦和冥想嗎？」

「可以這麼說吧。」月風說。

修行者找到了一個理想的地點。阿祖必須閉上眼睛，非常專注，才能連結他的身體。

　　「你試試看能不能嗅到和感受到自己的身體在哪裏。」月風說。

　　阿祖集中精神尋找身體的位置，然後張開眼睛，往傳送洞裏面看。他看見自己躺在醫院的病牀，腿上有一隻貓。

　　「別衝動！時間不對！」月風叫道。

　　「不！這就是我的身體！」阿祖大喊。他隨即跳進洞裏，不小心把 22 也帶走了！

　　「等等！我不要去！」她驚呼，「啊——」

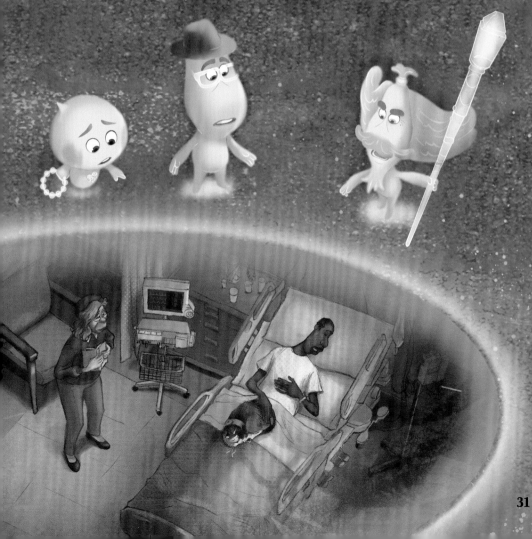

阿祖睜開眼睛時，發現自己在醫院裏！

「成功了！我回來了！」他興奮地說，但當他低頭一看，發現雙手竟然變成了貓爪。原來，阿祖進錯了身體！

「不！我在一隻貓的身體裏？」他倒抽了一口氣，「等等！如果我在這裏，那麼誰在──」

「我在人體內？不！」阿祖的身體發出了22的聲音。

阿祖努力保持冷靜。「我們一定要找到月風，他一定能幫助我們的。」

　　尋找月風的第一步，就是要走出醫院的大門。
阿祖以為很容易就能適應從兩腳走路變成四腳走
路，但他錯了！而22也有自己的挑戰，因為這是她
第一次用腳走路。儘管跌跌撞撞的，他們最終還是
成功地穿過走廊，進入電梯，走出了醫院大門。

　　22抱着阿祖，走進了紐約市紛亂的街頭。她感
到頭昏腦脹的，在行人道中間停住了。

「不！不要停下來！」阿祖喵喵地叫。他用爪子推 22 前行，卻不小心抓傷了她。這是 22 第一次有疼痛的感覺；她尖叫了一聲，然後在街上亂跑。後來，阿祖發現她一個人坐在石階上。

「我要待在這裏，」22 說，「直到你這沒用的身體死去。我想應該很快的，因為你的胃在不停地翻江倒海。」

阿祖知道是什麼問題——22肚子餓了！於是，他在小販攤上抓了一塊意大利薄餅給她。

　　「在我鼻子裏的是什麼？」她問。

　　「那是香味。」阿祖說，「快嘗嘗薄餅的味道！」

　　22吃了一口。真好吃！她狼吞虎嚥地吃下整塊薄餅。

　　「奇怪，我不再覺得生氣了。」她說。

　　阿祖和 22 在第 14 街和第 7 街的轉角找到了月風，他正舉着一個牌子。月風為這次的失誤而道歉，然後約他們晚上六點半在二分音符吧見面——時間就在阿祖演出之前。「一切就交給我吧。」他說。

　　阿祖必須回家梳洗，但他和 22 準備跳上的士時，正好遇到杜拉仙、攣毛和低音提琴手美穗！他們看見阿祖穿着醫院的病人衣服，都感到很吃驚。

在生死紀錄檔案室，泰利仍在翻查檔案。
「好傢伙，這裏肯定有你的資料。」她自言
自語，「我一定會找到你的。」

阿祖回到他的住處不久，手機就響了。22 伸手在病人服的口袋中取出手機，然後把它放在阿祖面前。他先聽第一個語音留言——是攀毛。

　　「喂，祖 Sir，杜拉仙看見你之後，非常震驚！她已打電話給另一個人，讓他取代你。對不起。」

　　「不，不，不！」阿祖驚呼。

　　但攀毛還沒說完。「你好好梳洗一番，穿上最帥氣的西裝，早一點來到二分音符吧。我會嘗試跟她談一談。」

　　「我可以把這機會搶回來！」阿祖大叫，「22，我需要你幫忙！」

　　「不，不，不！」22 堅決地回答，「我不要！我不要！我不要！」

這時，管樂團的學生歌妮前來，說她要放棄長號，並退出樂團。22 很好奇，便走出去，把大門關上，然後和歌妮一起坐在樓梯口。

「太好了，不是只有我才覺得這地方是多麼的可笑。你放棄是對的。我已學會放棄——」

歌妮突然打斷 22 的話，說：「昨天我一直在練習這首曲子。不如你聽完後再叫我放棄，好嗎？」她吹奏了一小段曲子，吹得非常動聽，22 發現自己竟然會沉醉在音樂中。

「嘩！」22 說，「你真的很喜歡音樂！」

歌妮點點頭，說：「那麼，我是應該繼續下去？」

「是呀！」22 回答說。

另一邊廂，泰利興高采烈的，因為她已找到失蹤的靈魂。
「他名叫祖·嘉拿。」她告訴謝利，「看來他又回到地球了。」
泰利打算親自去地球把阿祖帶回來。「一想到能把這家
伙押送回來，我的心情就很愉快！」她說。

　　22 梳洗整齊後，把阿祖的棕色舊西裝穿上。褲子有點緊，但阿祖似乎並不在意。他用貓爪拿起電動理髮器，嘗試幫 22 修剪頭髮，但手一滑，理髮器向着 22 的頭髮直劃過去！

　　「我的頭髮！」阿祖喵喵大叫，「完蛋了！」

　　阿祖慌忙把 22 帶到理髮店去。店裏有很多客人，但當阿祖的理髮師——達少一看到那被電動理髮器弄壞了髮型，便馬上叫 22 坐下來。

不用多久，22 發現坐在理髮店的椅子上，是一件很愉快的事情。達少還給了她一根棒棒糖呢！過了一會兒，店裏的人全都跟她聊起八卦，一起大笑，甚至高談闊論。

當達少完成了修剪，22 看到鏡中的自己時，她笑着說：「嘩，我看起來年青了嗎？」

當阿祖和 22 在理髮店的時候，泰利在醫院找到了阿祖的蹤跡，一直跟着線索穿過紐約的街頭，來到阿祖的公寓。她鬼鬼祟祟地逐一查看了阿祖的書籍、唱片和各種樂器，仔細檢查所有的東西。

　　剪完頭髮後，阿祖和 22 在街上閒逛。22 心情很好，她吃着棒棒糖，沿路用手敲擊欄杆聲音來作曲。

　　「喂，我剛作了一首歌，」她說，「我有爵士樂靈感！」

　　然後，22 躺在地鐵的出風口。有一陣暖風從下面吹出，把她的帽子吹掉了。

　　「噢！我來撿。」她說。當 22 一彎腰，身上的褲子就裂開了！阿祖知道，短時間內要把褲子補好，就只能去一個地方，那就是媽媽的裁縫店。

當阿祖和 22 到達裁縫店時，媽媽利芭已知道阿祖準備去二分音符吧演奏，她很不高興，一直勸阿祖接下學校的全職教師工作。

　　阿祖嘗試解釋，他在 22 的耳邊喵喵地叫，再由 22 一字一句地複述出來：「我滿腦子只有音樂，每天早上醒來，一直到晚上睡覺都想着音樂。」

　　聽罷，利芭臉上漸漸露出了笑容，說：「你真是跟你爸一模一樣。你們都具有音樂家的熱情。」然後，她取出

了一套帥氣的西裝。

　　阿祖興奮得心裏怦怦直跳，驚歎說：「這是爸爸的西裝！」

　　22 穿着阿祖爸爸的西裝走出裁縫店時，簡直就像中了一百萬元大獎似的，神氣得不得了。

　　阿祖走在 22 的身邊，說：「嘩！太神奇了！你知道那是什麼感覺嗎？就如爵士樂般美好！」

　　「你在享受爵士樂！」22 說。

　　「哈哈！好吧，可以這麼說。」阿祖說。

阿祖和 22 乘地鐵前往二分音符吧，感覺一切都會順利完成。
「我們做到了！」阿祖對 22 說，「月風馬上就會出現。」
他們在二分音符吧門外等待着的時候，22 停下來觀察身邊的環境。她能感受到，四周充滿了生機。此時，有幾顆種子從楓樹上飄落，像小小的直升機，旋轉而下。22 接住其中一顆種子，定睛地看了一會。

　　「喂，阿祖，我已準備好到這裏來。」她說，「我想得到地球通行證。」

　　「真的？」阿祖說，「是什麼令你改變主意？」

　　「以前我常說地球很無聊，但其實我從未體驗過地球的生活，或呼吸過這裏的空氣。」22說，「我從不知道風吹過或擁有朋友的感覺。原來生命是那麼的美好！」

雖然 22 已做好準備去地球，但她始終不知道屬於自己的「生命的火花」是什麼。「可能是看天空，」她說，「或者是走路。」

「22，那些都只是日常的生活。」阿祖說，「不過，你回到『你想預備班』後，不妨認真地去嘗試。」

話音剛落，月風就來到了。是時候幫阿祖回到他的身體，也讓 22 回到「起點之前」去。

　　但是，22 並不想走！她拔腿就跑，說：「別跟着我！我要去找我的人生意義！」

　　阿祖氣得喵喵大叫，一直追着 22 來到一個地鐵站裏。

　　突然，泰利不知從哪裏冒出來。「祖·嘉拿，終於找到你了！」她說。

　　阿祖和 22 同時掉進泰利打開的傳送洞。他們的靈魂從身體分離出來，向上飄回靈魂世界。

阿祖對着 22 大吼大叫，責怪她把整個計劃都搞砸了。

但泰利插進來說：「阿祖，是你作弊！」說着，她打開了一個通往「盡頭以後」的傳送洞。「來吧，祖先生。是時候回去了。」

突然，22 留意到一件事：她的徽章竟然已變成了地球通行證！

「真是沒想到！22，你成功了！」謝利歡呼說。

「那是因為我的『火花』，讓她拿到通行證的！」阿祖說。

靈魂輔導員引領祖走向 22。按照一般程序，靈魂導師會陪同新生靈魂前往地球傳送洞口。

在傳送洞口，22 對阿祖說：「你才不知道！你根本不能確認我是怎樣得到地球通行證的。」

「我希望你會享受人生。」阿祖傷感地祝福她。

這時，22 突然把她的地球通行證拋了給阿祖。阿祖彎腰拾起通行證，想把它交還給 22，但是她已經轉身離開了。

22 心神恍惚地蕩到她的秘密基地。「我一無是處，」她喃喃自語，「我沒有目標。」22 感到很失落，不知不覺地進入了入神境界。

在地球傳送洞口，靈魂輔導員謝利出現了。阿祖問謝利，22 到底完成了什麼目標，讓她的個性徽章變完整。

「『生命的火花』並不是靈魂的目標。」輔導員說，「你想得太複雜了，新生靈魂只需要感受到生命的意義，這是基本的。」

阿祖不以為然。音樂就是他「生命的火花」。謝利離開後，阿祖把地球通行證戴上，然後從身跳進傳送洞口裏去。

阿祖終於來到了二分音符吧，
他衝進後台去央求杜拉仙。「我唯一
的人生目標就是彈琴。」他說，「這是
我的使命，什麼也阻止不了我！」

　　杜拉仙很欣賞阿祖的決心，答應再給
他一次機會。

　　四重奏樂隊開始表演。阿祖坐在鋼琴前，
他所彈的每一個音，都跟其他樂隊成員配合得完
美無瑕。他的獨奏更是令觀眾情不自禁地站了起
來。

　　杜拉仙滿臉笑容地說：「祖 Sir，歡迎你加入我們的樂
隊！」

　　表演結束後，阿祖的家人和朋友都前來恭賀他。

　　「我的阿祖真棒！」利芭激動地說。

　　不過，曲終人散之後，首次演出的興奮情緒逐漸褪去，
阿祖開始覺得有點失望。他本以為和這樂隊一起演奏，會
使他的內心產生某種變化，但事實並非如此。一點變化也
沒有。

阿祖回到他的公寓，發現西裝外套的口袋裏全是
22 在人間收集的東西——每一件都喚起了一個特別的回
憶。那是 22 的第一塊意大利薄餅的脆皮、她在理髮店
拿到的棒棒糖、阿祖媽媽裁縫店的一卷線，還有她在二
分音符吧外用手接住的種子。

阿祖把這些東西放在鋼琴上，然後閉起眼睛，開始彈琴。音樂像流水一般，緩緩地把阿祖帶進了入神境界。他去那裏只有一個目的，就是要把地球通行證交還給 22。

　　修行者月風迎接阿祖上船。他警告阿祖，22 已變得很憤怒和具破壞性，是一個迷失的靈魂。他們在沙海上航行，阿祖遠遠地看到 22。靠近 22 的時候，阿祖用一張網罩住了 22，但她潛入了沙中躲避，把船也拖行了下去！

　　在遠處，22 再次冒出頭來，阿祖跑過去追趕着她，從入神境界一直追到「起點之前」！

22衝到「你想預備班」，阿祖從後追蹤着。這時，22已經變得面目全非了！她的雙手化成了長長的觸手，只剩下一隻巨大的眼；在她的胸前，原本別上個性徽章的地方，出現了一個黑洞。

　　阿祖舉起地球通行證，說：「我錯了，」他終於吸引了22的注意，「其實你已經準備好去地球了！」這句話似乎令22冷靜下來，怎料，她卻突然張大嘴巴，把阿祖吞進肚裏去！

　　阿祖掉進了一個黑漆漆的地方，他隱隱約約地看見
22 的原形就在遠處。他們之間有數百個黑色的形體，化
成了 22 以前的靈魂導師，當中包括了阿祖！它們就像
惡夢一般，每一個都告訴 22 為什麼她不夠好，沒資格
去地球。阿祖用力撥開那些扭曲的黑暗化身，好不容易
才走到 22 身邊，把楓樹的種子放在她手中。沒多久，
那些黑暗終於慢慢地褪去。

阿祖把地球通行證掛在 22 的脖子上，但她還是感到很困惑。「我不知道我『生命的火花』是什麼。」她說。

「照我看來，你在爵士靈感方面很有天分呢！」阿祖說。

22 從傳送洞看着地球，她露出很緊張的樣子。阿祖握着她的手說：「放心吧！我有經驗。準備好了嗎？」

他們手牽手一起跳進去。往下掉的時候，22 開始有了自信，便放開阿祖的手。她繼續降落到地球，而阿祖則笑着閉上雙眼。

最後，阿祖發現自己再次站在輸送帶上，向着「盡頭以後」的亮光移動。但這一次，阿祖內心很平靜。

就在這時候，輔導員謝利出現了。他說輔導員們被阿祖所感動，決定送他一份告別禮物。

阿祖獲得第二次重生的機會了！謝利打開一個通往地球的傳送洞，說：「希望你以後走路記得帶眼睛。」

「謝謝！」阿祖笑着感謝說。

「阿祖，好好享受生活吧！」謝利說。

阿祖踏入傳送洞，說：「我會的！」